Numéro de Copyright

00071893-1

Ce Roman est une fiction.
Toute ressemblance avec des faits réels, existants ou ayant existé, ne serait que fortuite et pure coïncidence.
Le Code de la propriété intellectuelle interdit les copies ou reproductions destinées à une utilisation collective. Toute représentation ou reproduction intégrale ou partielle faite par quelque procédé que ce soit, sans le consentement de l'auteur ou de ses ayants droit ou ayant cause, est illicite et constitue une contrefaçon, aux termes des articles L.335-2 et suivants du Code de la propriété intellectuelle

Sombres soupçons

Juillet 2021

Roman

« À nos petit Anges »

© 2021 Jose Miguel Rodriguez Calvo
Édition : BoD – Books on Demand,
12/14 rond-point des Champs-Élysées, 75008 Paris
Impression : BoD - Books on Demand,
Norderstedt,Allemagne

ISBN : 9782322379415
Dépôt légal : Juillet 2021

Sombres soupçons

Roman

Auteur
José Miguel RODRIGUEZ CALVO

Synopsis

Alors qu'il déambule sur les trottoirs de la parisienne place d'Italie, le regard de Jean-Michel est soudainement attiré par un couple attablé au fond d'un café. L'homme est Paul MERCIER, le professeur de Mathématiques de sa fille Alice, et la femme n'est autre que son épouse Isabelle.

1

Paris, place d'Italie 13e arrondissement

Jean-Michel n'en croyait pas ses yeux. Il venait d'apercevoir sa femme, d'habitude si prude et timorée, attablée, tête à tête, en pleine conversation dans ce bar, avec un jeune homme qu'elle connaissait à peine, dans ce curieux lieu si peu inapproprié à un entretien censé traiter d'un éventuel sujet scolaire concernant leur fille.

Jean-Michel ne comprenait pas ce rendez-vous, avec ce professeur, dont il n'avait pas eu la moindre connaissance, ni par l'enseignant, ni par sa fille, et encore moins par son épouse. Et qui plus est, dans ce lieu si inhabituel et inapproprié à ce genre d'entrevue, qui est censé se dérouler, habituellement dans les locaux privés et confidentiels de l'établissement scolaire.

Mais s'agissait-il vraiment d'un entretien concernant un sujet didactique ?

Jean-Michel, maintenant, se disposait à envisager quelque chose d'autre, quelque chose dont il n'aurait même pas osé se poser la question peu de temps auparavant.

« Mais non ! J-M, tu dérailles ! Tu es devenu fou ou quoi ? Reprends-toi, voyons ! », se disait-il en son for intérieur. « Il existe forcément une explication, une bonne raison, une justification raisonnable qui viendra corroborer cette assertion ».

Alors, sans plus tergiverser, il décida de continuer son chemin. L'interrogation viendrait se clarifier et se dissiper d'elle-même. Sans le moindre doute, elle avait une justification toute simple et raisonnée, qui n'émergeait pas au premier abord.

Jean-Michel PERRIN, âgé de 53 ans, était né en 1967 à « *Vesoul* », dans le département de la « Haute Saône ». Fils unique d'un couple d'instituteurs, après ses études primaires dans la ravissante petite école de quartier où officiait sa maman, son métier d'institutrice avec un total épanouissement et plaisir, puis après avoir fréquenté le collège et le lycée avec assiduité, il était monté à Paris pour suivre ses études de droit commercial, à la Fac de Nanterre. Son épouse, Isabelle de BEAULIEU, belle femme de 48 ans, deuxième d'une fratrie de trois enfants, était une vraie parisienne. Ses parents banquiers côtoyaient assidûment le milieu bourgeois de la capitale, et n'avaient pas aisément accepté le mariage de leur fille Isabelle, avec le fils de modestes instituteurs ruraux et à l'époque titulaire d'une simple licence de droit.

Le couple avait une fille unique, Alice, âgée de 17 ans, scolarisée dans l'illustre lycée « Montaigne » du 6e arrondissement, où délivrait les cours de mathématiques, le jeune Paul MERCIER, âgé de 33 ans, né à Paris en 1987, et fils d'un couple de médecins. Jean-Michel, après son rendez-vous, tout près de la place d'Italie, regagna son bureau de l'entreprise d'électronique, à Boulogne Billancourt, où il exerçait en tant que directeur des ventes et prospections.

Même s'il s'ingéniait à s'efforcer de chasser l'intrigante et inattendue survenance du matin, l'opiniâtreté de son mental persistait avec une inébranlable intransigeance à lui remémorer les faits, sans pitié.

Cependant, à la fin de sa journée, lorsqu'il regagna son domicile, il allait volontairement omettre de mentionner ou faire une quelconque allusion au curieux événement dont il avait été témoin, décidant d'attendre que son épouse initie la conversation sur le sujet. Pourtant, la soirée allait se dérouler tout à fait habituellement, sans que personne ne fasse la plus infime insinuation ni commentaire.

Pour Jean-Michel, cette omission, ou autre chose, qu'il s'efforçait de rejeter, commençait à lui sembler invraisemblable. Comment pouvait-on avoir oublié un sujet aussi important ? Surtout qu'il mettait un point d'honneur à suivre scrupuleusement les résultats des études de sa fille unique, et que jusqu'à présent, tout se déroulait à la perfection : les résultats de ses bulletins étaient parfaits, et plus particulièrement en mathématiques où elle excellait, avec des notes régulières et plus qu'honorables. Alors qu'avait-il de si important à communiquer à son épouse, dans cet inhabituel lieu, et qui plus est, hors de sa présence ? Jean-Michel, se refusait à mettre en doute l'honorabilité d'Isabelle, cependant, il ne comprenait pas, et cela le torturait, lui qui s'ingéniait avec opiniâtreté à tout maitriser et encadrer avec presque une maladive acuité.

Le lendemain, Jean-Michel, qui se levait toujours en premier, suivi presque instantanément de son épouse et de leur fille Alice, entreprit de préparer le café qu'ils prenaient immuablement chaque jour ensemble.

Effectivement, leurs horaires de travail correspondaient, ce qui leur permettait d'avoir quelques appréciables minutes pour converser et échanger quelques propos chaque matin.

Ce jour, il espérait une explication d'Isabelle, mais il n'en fut rien. Ils échangèrent les habituelles banalités de chaque matinée, sans la moindre allusion au sujet qui l'intéressait. Jean-Michel, quant à lui, avait décidé de ne pas évoquer le propos, il attendrait qu'Isabelle aborde le thème personnellement.

Sans autres explications, chacun allait vaquer à son activité, Jean-Michel, allait se rendre avec son « Audi » à son bureau de Boulogne Billancourt, Isabelle rejoindre en bus sa boutique de mode qu'elle dirigeait avec ses deux employées dans le 5e, quant à Alice, elle prendrait le métro jusqu'au lycée « Montaigne » dans le 6e arrondissement.

Jean-Michel ne comprenait pas ce qui arrivait. Lui, toujours attentif au moindre désir ou besoin de son épouse ou de sa fille, sans cesse à l'écoute et prêt à satisfaire dans les limites de ses possibilités, les demandes de ses deux seules personnes au monde qui comptaient pour lui, comme il disait. Il était toujours d'une humeur égale, sans jamais essayer d'imposer ses idées ou points de vue, quels qu'en furent les sujets.

Sa seule règle était toujours le dialogue constructif, qu'il s'efforçait d'appliquer aussi bien dans sa famille que sur le plan professionnel avec ses subordonnés.

Sur ce point, il était infiniment apprécié de ses collaborateurs, car en permanence ouvert au dialogue, et constamment accessible à tous. Cette conception et approche du management, lui avait été sinon reprochée, signalée avec circonspection par son supérieur. Cependant, les résultats étant au rendez-vous, il avait fini par accepter et même convenir de son intérêt pour l'entreprise. Jean-Michel était une personne sur laquelle chacun pouvait compter, aussi bien son patron, que ses collaborateurs.

Il avait toujours une solution pour chaque problème, jamais il ne s'avouait battu devant les innombrables écueils qui jalonnaient toujours les compliquées et rudes négociations lorsqu'il s'agissait de remporter une victoire en signant un contrat. Pour cela, il était adulé et respecté.

« Vesoul »

Cette attitude n'était pas nouvelle pour lui. Depuis son enfance à « Vesoul » dans le département de la « Haute Saône », où il était né et avait vécu toute sa jeunesse. Il avait appliqué à la lettre les vertueux conseils et la ligne de conduite dispensées avec rectitude et autorité mais toujours avec sagesse et discernement par ses parents, tous deux instituteurs. De ce fait, il avait toujours atteint et obtenu une certaine réussite dans ses études, mais pas seulement. Son comportement exemplaire, l'avait conduit avec clairvoyance à se soustraire aux mauvaises fréquentations qui, cherchant la facilité, ne manquaient pas autour de lui.

Bien évidemment, à cette époque l'argent ne courait pas les rues, et bien des jeunes attirés par le gain facile, pour acquérir un banal mais convoité « tourne-disques » ou une simple petite Mobylette, n'hésitaient pas à dévaliser les appartements ou à dérober les nouvelles « radiocassettes » des quelques rares véhicules qui en étaient pourvus. À cette époque, c'était devenu une véritable obsession pour les petits malfrats, et une indubitable anxiété, voire une angoisse pour les rares automobilistes qui s'étaient offert l'ultime jouissance qui assouvissait leur satisfaction et une certaine insolente condescendance et snobisme vis-à-vis de ceux qui n'en possédaient pas. Et bien évidemment, c'était devenu par excellence, l'objet à posséder et de ce fait le plus convoité et recherché par les petits vauriens désargentés, pour la revente à des conducteurs dépourvus de toute notion de conscience ou de scrupule. Jean-Michel, quant à lui, avait suivi un chemin bien différent. Jamais il n'aurait chapardé ne serait-ce qu'une simple pomme ou un bonbon sur une étale de marché. Pour lui, c'était inimaginable de s'approprier indument quoique ce soit sans en avoir acquitté le prix. Ce concept était bien ancré au fond de lui, jamais il ne lui serait venu ne serait-ce que l'idée de déroger à ce précepte.

Les années étaient passées, et le temps était venu de quitter le douillet nid familial, afin de poursuivre les

études supérieures, et pour cela, il avait jeté son dévolu sur une Université de la capitale, en l'occurrence la Faculté de Nanterre, où il allait suivre des études de « Droit commercial international ». C'est justement à cette époque, qu'il allait rencontrer la jeune fille, qui deviendrait son épouse « Isabelle ».
Isabelle de Beaulieu était une belle blonde, dernière d'une fratrie de trois enfants, toutes des filles, et une véritable parisienne, ouverte et extravertie, qui se fichait un peu des convenances, ne voyant que les objectifs à atteindre, sans se soucier le moins du monde des moyens pour y parvenir. Élevée un peu en enfant gâtée, Isabelle, qui, contrairement à ses deux autres sœurs, se moquait ouvertement des usages et conformités attendues par sa famille, poursuivait son chemin à son aise, ne se privant de rien, du fait de la remarquable et enviable situation financière de la famille.

3

À son bureau de l'entreprise MACROMEX S.A. à Boulogne, Jean-Michel, ne réussissait pas à se focaliser sur son travail. Les images d'Isabelle attablée avec le jeune professeur de mathématiques dans ce bar, revenaient sans cesse à son esprit, l'empêchant de se concentrer sur ses dossiers.

Il ne parvenait pas à les éluder, elles s'imposaient à lui d'une manière tenace et obsessionnelle, qui comblait à satiété la totalité de ses pensées. Pourtant, il n'était pas un homme jaloux, il n'avait jamais expérimenté ce sentiment qu'il exécrait. Alors, pourquoi, maintenant, cette véritable obsession inconnue jusqu'alors ? Plus il réfléchissait, plus son mental s'obstinait à refuser de lui fournir ne serait-ce qu'un début de réponse.

La longue journée allait passer, dans ce curieux et saugrenu état d'esprit, qui allait occuper ses pensées, passant de l'aberrant, à l'absurde, ou grotesque.

Il était certain que lorsqu'il regagnerait son domicile, tout ce tumulte allait s'éclaircir à la seconde où il rencontrerait son épouse. Il percevait même un sentiment de culpabilité pour avoir ne serait-ce que de brefs instants avoir supposé un doute sur l'infidélité d'Isabelle.

Lorsqu'il rejoignit son domicile, Isabelle et sa fille Alice étaient déjà présentes.

— Bonsoir, mes deux femmes préférées ! Comment s'est passée votre journée ? Leur lança-t-il d'un air enjoué, puis il leur fit la bise, comme d'habitude, avant même d'attendre leur réponse.

— Très bien papa !

— Bien mais un peu fatigante, répliqua Isabelle. Et toi, comment se présente le mirobolant contrat avec « les Canadiens » ?

Isabelle avait éludé la réponse, répliquant par une question. Cependant, Jean-Michel revint à la charge.

— Que s'est-il passé chérie ? Pourquoi fatigante ? Vous avez eu plus de monde que d'habitude ?

— Oui, enfin non ! Nous avons eu des soucis dans la boutique, mais heureusement, ça s'est arrangé.

— Ce n'est pas grave, j'espère ?

— Non ! J-M, je t'ai dit que c'était arrangé ! Répondit Isabelle d'un air un peu agacée.

— Ne te fâches pas chérie, c'était une simple

question !

— Je ne me fâche pas, excuse-moi pour ma réponse un peu cassante, c'est la fatigue.

— D'accord Isabelle, on n'en parle plus !

— Mais Jean-Michel, ne t'en fais pas, tout est rentré dans l'ordre, cela n'a plus aucune importance.

La soirée allait se dérouler normalement, sans que le thème ne soit de nouveau abordé.

Pour Jean-Michel, ce fut comme une douche froide, cette fois, il ne comprenait plus rien. Pendant toute la nuit, les questions allaient se bousculer à prodigalité dans sa tête sans lui accorder le moindre répit.

Le lendemain, il se leva las et fourbu. Cependant, il prépara le petit déjeuner pour les trois comme d'habitude.

Sans vraiment y croire, un instant, il eut l'espoir d'une réponse d'Isabelle. Cependant, comme il le craignait, elle ne survint pas. Une nouvelle journée allait alors commencer, analogue aux autres.

Ce jour-là, Jean-Michel n'était pas voué à sa tâche. Son esprit était ailleurs, il vaguait à son aise, dans les méandres du passé, du présent et même du futur, sans laisser le moindre sursis à Jean-Michel, qui perdait pied par moments. Assurément, il n'était plus en mesure d'assurer sa tâche avec sérénité.

Comme lorsque ses pensées le ramenaient à ses nonchalantes années de fac à Nanterre, où il profitait allègrement de ces délicieuses et mirobolantes années sans soucis.

« Quelle époque ! Pas d'attaches, pas de contraintes, pas d'obligations, une fois les cours terminés, c'était la belle vie, les sorties quotidiennes avec les copains, les tournées des boîtes et des bars, les soirées bien arrosées avec leurs indissociables lendemains de « gueule de bois », les filles, bref, la belle vie. Et puis, à d'autres moments, son mental lui rappelait la rencontre avec cette jolie blonde, Isabelle, fringante et distinguée, qui sortait du lot par sa délirante et loufoque attitude dans cette boîte pourtant pleine à craquer.

Il l'avait remarquée à l'instant, mais c'était certain, elle ne serait pas pour lui. Non, c'était inimaginable, même s'il était considéré par ses amis comme un « beau gosse », sa timidité allait le priver de la moindre chance, c'était certain, et il ne se faisait pas d'illusions. Pourtant l'inimaginable allait se produire, ce fut la jeune fille qui fit le premier pas en lui demandant de lui payer un verre. Jean-Michel croyait rêver. Parmi cette foule, elle l'avait remarqué, lui, le timide garçon accoudé au comptoir.

Et puis son psychique le menait maintenant à la naissance de sa fille Alice, à l'hôpital « La Pitié Salpêtrière », à cette soirée où il avait dû conduire Isabelle comme un fou en voiture à travers Paris, jusqu'à la salle d'accouchement ».

Soudain, une main sur son épaule, le fit sortir de ses délirantes pensées.

—PERRIN ! Que vous arrive-t-il mon vieux ? Revenez parmi nous !

André LAFFARGUE, son patron, venait de le surprendre dans un état second.

Effectivement, Jean-Michel, affalé sur sa chaise, les yeux dans le vide, marmonnait des phrases incompréhensibles.

— Vous êtes souffrant ?

— Oh ! Pardon Monsieur ! Excusez-moi ! Non, juste un peu de fatigue, je dors très mal en ce moment !

— Vous connaissez l'importance de notre contrat avec les Canadiens, nous ne pouvons pas nous louper là-dessus, c'est inenvisageable, vous le savez !

Oui Monsieur LAFFARGUE, soyez sans crainte ! J'en fais une affaire personnelle, soyez rassuré, nous allons l'emporter.

— Bien ! Je compte sur vous ! Mais, écoutez, prenez quelques jours de repos, et revenez-nous requinqué, je vous veux à cent pour cent !

— Je vous assure monsieur, ça va aller, c'est un léger passage à vide, vous pouvez compter sur moi, dès demain je serai comme neuf.

André LAFFARGUE acquiesça de la tête et regagna son bureau.

4

Jean-Michel, allait se reprendre en quelques jours, à l'aide de certaines substances qu'il avait réussi à acquérir par des moyens douteux, et réussir miraculeusement à surmonter son incoercible obsession. Au bureau, il était devenu méconnaissable, il dévorait les dossiers avec une appétence hors du commun. Son caractère aussi allait drastiquement changer, au point que ses collaborateurs ne le reconnaissaient plus. Lui, toujours courtois et affable avec tous, était soudain devenu irascible et caractériel. Ses équipiers étaient médusés par ce changement aussi draconien que soudain, qui déstabilisait toute son équipe. Et même son patron, André LAFFARGUE, n'en revenait pas de cet impressionnant revirement de son chef de service.

À la maison aussi on allait ressentir cette remarquable mutation, cependant de manière bien différente. Plus la moindre question, plus le moindre intérêt pour quoi que ce soit : ni le travail d'Isabelle, ni les études d'Alice. Tout lui semblait égal, il était devenu détaché et indifférent à son entourage et entré dans un mutisme presque complet, ne s'exprimant que très rarement et par des « réponses de normand ».

Pourtant, il était bien décidé à éclaircir cet intrigant et mystérieux rendez-vous. Deux jours plus tard, il allait profiter lors d'une nouvelle réunion avec le partenaire de la place d'Italie, pour essayer de surprendre une nouvelle rencontre dans ce même établissement.

Il allait arpenter les trottoirs de la vaste place parisienne, pour passer et repasser devant ce bar. Cependant, il dut se rendre à l'évidence, son épouse et le professeur, ne s'y trouvaient pas.

Cette fois, il expérimenta un certain soulagement et regagna maintenant plus sereinement son bureau de Boulogne.

Après tout, se disait-il, je me suis certainement mépris, m'emballant trop précipitamment.

À partir de ce moment, il décida de chasser de son esprit les lamentables et déraisonnables pensées qui l'avaient mené au bord de la démence et de l'absurde déraison.

Désormais, après avoir arrêté son nocif et irrationnel *« traitement »,* il allait redevenir la joviale et sensée personne qu'il avait toujours été, le Jean-Michel que chacun appréciait et respectait, pour sa prévenante et toujours courtoise conduite.

Au bureau, on allait de nouveau se réjouir de ce revirement et oublier l'irrationnelle attitude de ces deux jours, que l'on n'avait pas comprise.

Quant à Isabelle et Alice, elles allaient retrouver le mari et papa de toujours.

Il allait même leur proposer de partir en week-end à Honfleur, afin de ressouder les liens quelque peu distendus.

Pourtant, Isabelle semblait montrer quelques réticences à ce voyage qu'elle n'avait pas prévu.

Tu sais J-M, ça m'embête un peu, j'avais envisagé de faire venir mes vendeuses ce samedi pour un petit inventaire, tu aurais dû me prévenir.

— Allez Isabelle, décompresse un peu, ça te fera du bien et à nous aussi, il n'y a pas que le travail dans la vie, de plus il paraît qu'ils prévoient un temps magnifique sur la côte.

Surpassant sa contrariété, Isabelle allait finalement accepter la proposition de son mari.

— Bon d'accord, je vais m'arranger, je préviens les filles du changement de programme, après tout, je pense que tu as raison, nous avons tous besoins de nous détendre.

— Voilà ce que je voulais entendre, et toi Alice, qu'est ce que tu en pense ? Tu n'as rien dis !

— Oh ! Papa, moi j'aurais préféré autre chose, mais,

ne t'en fais pas, un bon bol d'air ne peut nous être que bénéfique à tous.

— D'accord, alors, c'est décidé, je réserve l'hôtel, et demain nous pourrons côtoyer les mouettes.

Jean-Michel semblait content de lui, même s'il sentait un certain manque d'enthousiasme, pour ne pas dire inimitié, pour son projet. Mais il comptait sur cette, parenthèse, pour renouer avec un peu de sérénité et tenter de dissiper les inhabituels et mystérieux troubles et perturbations survenues dans son couple pendant ces singuliers jours.

Ce vendredi soir, tout était prêt. Vers dix-sept heures, Jean-Michel arriva du bureau. À l'appartement, Isabelle et Alice avaient préparé trois petites valises et les quelques affaires de circonstance, et en un instant, ils avaient rejoint l'autoroute A13. Ils allaient parcourir les deux cents et quelques kilomètres que séparent les deux villes, et à vingt heures trente, ils arrivaient à destination et prenaient possession de leurs chambres.

« *Honfleur* »

Jean-Michel, comptait beaucoup sur cet intermède, pour essayer d'éclaircir le trouble et la confusion qui avaient pris place dans son esprit, risquant à tout moment de faire chanceler sa confiance avec Isabelle. Il allait tout mettre en œuvre pour évacuer les malentendus, et réussir à retrouver l'harmonie, cette nécessaire consonance et équilibre qui permet une conviviale vie commune. Dès leur arrivée à l'hôtel, ils allaient se préparer pour une soirée au restaurant.
Après une courte promenade sur les trottoirs bondés, ils jetèrent leur dévolu sur un joli et cossu

établissement un peu à l'écart du tumulte des quais. C'était l'endroit idéal pour dîner tranquillement, sans l'intempestive présence des badauds. Sitôt installés, le téléphone d'Isabelle allait troubler le début du repas.

— Excusez-moi un instant, c'est Claire une de mes vendeuses, je me demande ce qu'elle veut, surtout à cette heure-ci !

Isabelle quitta la table, et s'éloigna, pour répondre à l'appel. Cinq minutes plus tard elle revint, un peu confuse.

— Ah ! C'est toujours pareil, tu ne peux compter sur personne. Claire me dit qu'elle est souffrante, et qu'elle ne pourra pas venir à la boutique lundi. De nos jours il n'y a plus de conscience professionnelle, pour un oui pour un non, on te laisse tomber, et c'est à toi de te débrouiller. Après on s'étonne que les employeurs soient méfiants et réticents à embaucher. Apparemment, elle a mal à la gorge, c'est un comble, elle s'est fait prescrire un arrêt de travail pour un simple rhume, c'est à vous dégouter de faire confiance à qui que ce soit. Après cette longue tirade qui de toute évidence sonnait fausse, Jean-Michel resta un peu perplexe. Cependant, il prit sur lui.

« Restons détendus, après tout, nous sommes ici pour nous décontracter et relâcher un peu nos nerfs, nous avons le devoir de chercher à reprendre en main le contrôle de notre couple, nous ne pouvons pas jeter l'éponge à la moindre difficulté, c'est trop bête, nous

sommes des adultes capables de faire face à ce genre d'épreuve sans se laisser submerger par le premier contretemps venu ».
Pensa-t-il.
Jean-Michel allait tout juste riposter par une simple approbation.
— Tu as raison chérie, les employés ne sont pas toujours raisonnables, surtout que tu les rémunères correctement !
L'incident allait en rester là, personne ne fit plus la moindre allusion à cet appel et le dîner se déroula sans la moindre anicroche.
Le soir venu, lorsqu'ils regagnèrent leur chambre Jean-Michel, ne savait pas de quelle manière aborder l'embarrassant sujet de la rencontre d'Isabelle, avec Paul MERCIER, le jeune professeur de leur fille. Pourtant, même s'il était décidé à ne pas altérer davantage le climat déjà perturbé et délétère au sein du couple, il fallait qu'il comprenne ce qui s'était passé. Pour lui, Isabelle lui devait une explication, même si pour sa part, il allait tout faire pour exonérer les raisons, et faire preuve de compréhension, laissant passer cette embarrassante histoire, quelle qu'en ait été la raison.
Il avait seulement besoin de connaitre la motivation pour laquelle cela avait eu lieu. C'était déterminant pour la suite de leur vie commune.

Pourtant, son expectative de dialogue allait tourner court, Isabelle allait dans l'instant, réduire à néant l'espoir d'un quelconque échange.

— Ah ! Je suis abattue, après cette semaine de travail, et la fatigue du voyage, je n'ai qu'un désir, c'est de dormir.

Sans autre explication, Isabelle se retourna et éteignit sa lampe de chevet.

— À demain chéri !

Jean-Michel demeura un instant pensif, complètement désappointé, parvenant à dures peines à contenir son exaspération, c'en était trop.

Il sentait monter en lui, une incoercible colère, une envie de s'expliquer une bonne fois pour toutes avec Isabelle, ses nerfs maintenant commençaient à le submerger irrésistiblement. Pourtant, une fois de plus, par sa force de volonté, il allait réussir à laisser passer cette irrépressible pulsion et il attendrait le lendemain pour aborder l'inéluctable explication qu'il attendait.

Samedi matin, Jean-Michel, qui avait à peine dormi, se leva le premier.

— Alors marmotte, il est temps d'ouvrir un œil !

— Mais quelle heure est-il ? Demanda Isabelle, les yeux encore fermés.

— Neuf heures, chérie ! Il est neuf heures, il est grand temps de descendre prendre le petit déjeuner.

— D'accord, je me douche et je me prépare, au fait, Alice est-elle prête ?

— Je l'ignore, je vais jeter un coup d'œil,
Alice n'était plus dans sa chambre. De toute évidence, elle était déjà descendue.
Lorsque Jean-Michel revint, Isabelle finissait de s'habiller.
— Elle n'est plus dans son lit, je suppose qu'elle nous attend en bas.
— D'accord, accorde-moi une seconde, nous allons la rejoindre.
Lorsqu'ils pénétrèrent dans le petit salon, Alice était effectivement attablée, finissant de prendre sa collation.
— Bien alors ! Qu'avez-vous prévu pour aujourd'hui ?
Demanda Alice.
— Pour ma part, rien de spécial ! Les filles, vous avez carte blanche ! Ajouta Jean-Michel.
— Chouette ! s'exclama Alice. Alors shoping ! Oui ! Shoping ! Ah ! Maman, ça te va ?
— Bien sûr chérie, nous allons faire fondre la carte bancaire, c'est d'accord J-M, c'est toi-même qui nous a proposé de choisir, n'est-ce pas ?
— Mais bien entendu, je n'ai qu'une parole, profitez de l'aubaine ! Conclut Jean-Michel, arborant un large sourire d'approbation.
Aussitôt, ce fut comme un départ de marathon. Jean Michel se demandait maintenant s'il avait bien considéré ce que « vous avez carte blanche » signifiait

pour l'esprit féminin, de toute évidence pas vraiment, mais il allait très vite réaliser.

Néanmoins, cela pourrait peut-être porter ses fruits et aider à dénouer les déplorables malentendus concernant son couple.

Alors, comme le marathon évoqué tout à l'heure, Jean-Michel, en bon dernier, n'eut d'autre alternative que de suivre à grand peine le peloton de tête.

Et là, elles allaient lui offrir l'occasion unique, de visiter la totalité des boutiques de mode de la ville et pour certaines, plusieurs fois. Jean-Michel, suivait et patientait pendant les innumérables essayages, tout en gardant un sublime mais fallacieux sourire forcé.

Le plus redoutable pour lui, c'était lorsqu'on lui demandait son opinion sur une jupe ou un chemisier. Là, il s'ingéniait avec prouesse, à esquiver et éluder, sachant par avance que son choix ne serait pas retenu. Et surtout, pas le moindre commentaire sur les tailles, tel que « c'est trop petit pour toi ». C'est le piège dans lequel il ne fallait surtout pas tomber, car là, on t'en voudrait à vie.

C'est tout juste s'ils allaient prendre un peu de repos pour déjeuner, ce fut réglé en à peine quinze minutes, une simple pizza qu'ils avalèrent sur une terrasse au bord de l'eau, chauffée à blanc par cette exceptionnelle journée du mois de mai.

Jean-Michel, n'en pouvait plus, il était au bord de la syncope, il transpirait de tous ses pores et ne se voyait pas reprendre la seconde étape de l'après-midi.

— Écoutez les filles, je me sens un peu fatigué, je ferais bien une petite sieste, si ça ne vous dérange pas, je crois que j'ai pris un peu trop de soleil sur la tête et ce « Chianti » n'a rien arrangé !
— Tu vas bien au moins ? Questionna Isabelle
— Oui chérie, je vais juste m'allonger un peu, ça va très vite passer, ne t'en fais pas !
— Bon d'accord, nous allons continuer notre promenade, si tu te sens mal tu appelles, d'accord ?
— D'accord chérie, mais je te dis que c'est juste un petit coup de fatigue dû au soleil, sois sans crainte.
Jean-Michel regagna l'hôtel, et sans même prendre la peine de retirer ses chaussures, se laissa tomber de toute sa pesanteur sur le lit. Il était fourbu et exténué.

« Je vais profiter pour faire une petite sieste, je suis certain que ça va me requinquer ».

Pourtant, ce fut loin d'être le cas. Jean-Michel avait beau essayer de trouver un peu de sommeil, son esprit n'allait pas tarder à prendre le contrôle de tout son être. Les idées les plus farfelues et inattendues allaient envahir ses pensées, s'obstinant catégoriquement à lui laisser ne serait-ce qu'une once de répit.
« Mais qu'est-ce qui se passe ? Pourquoi cette soudaine attitude d'Isabelle ? Qu'est-ce qui a bien pu la faire basculer dans ce délire ? Pourtant je pensais bien la connaître, depuis toutes ces années. Elle n'est pas comme cela, non je n'arrive pas à croire ce

supplice et cette angoisse qui s'abat sur nous aussi soudainement.
Et dans quel but me laisse-t-elle dans ce perverse et impénétrable brouillard ? Il faut absolument que cela cesse. Où est passée cette jolie jeune fille particulièrement joviale et enjouée qui m'avait tout de suite conquis, et qui m'a toujours octroyé une sérénité et confiance à toute épreuve, dans l'avenir ? Pourquoi ce soudain revirement et manque de communication ? J'ai bien du mal à la reconnaitre.
Où se trouve désormais, cette femme si censée et particulièrement attentive, qui nous a toujours permis d'élaborer et construire cette totale assurance l'un dans l'autre pour aborder les écueils de la vie ? Pourtant, ils n'ont pas manqué, même si je dois admettre ma chance dans ce domaine, la plupart de mes amis d'étude ont divorcé, et même, à plusieurs reprises pour certains ».

Et puis, à d'autres moments, il se remémorait les jolis moments de leur vie, les instants merveilleux et complices.
« Pendant toutes ces années, nous avons su rester soudées et unis et nous avons vu passer les difficultés et séparations de nos plus chers amis, et je crois que chaque fois, cela nous liait davantage.
Et puis ce fut l'arrivée tant attendue d'Alice, qui allait nous confirmer et affermir dans notre engagement. Nous deux, c'était pour toujours ! C'était certain.

Quand je réfléchis maintenant, à aucun moment de notre vie commune, nous avons ne serait-ce qu'envisagé qu'il en puisse être autrement, cela pourrait paraître pour certains, substantiellement, arrogant ou prétentieux, mais nous en avions la certitude.
Combien de nuits nous sommes restés allongés pendant des heures, dans notre lit, à nous dévisager et nous scruter du regard sans dire mot, entrecoupés seulement par de petits baisers et de presque inaudibles « Je t'aime » ?
Et puis de temps à autre une petite larme venait s'aventurer au coin de nos yeux, mais ce n'était qu'une étincelante perle d'amour, de douce félicité.
Je dois avouer qu'à ces moments, je mesurais mon bonheur, je pouvais presque le sentir, le toucher de mes mains. Il était palpable et il semblait physiquement nous entourer. C'était comme irréel, jamais je n'aurais pu imaginer pouvoir ressentir une telle présence et adjonction entre nous ».

Et puis, le présent tenace et séditieux, revenait de nouveau sans vergogne, reprendre sa place de choix.
Maintenant, il revoyait Isabelle assise tête à tête avec ce jeune homme dans ce fichu bar de la place d'Italie, revenant le hanter, et le tourmenter l'obligeant à se questionner sur son épouse.

« Isabelle, qu'as-tu fait ? Pourquoi a-t-il fallu que tu viennes détruire cette parfaite harmonie qui régnait entre nous, qui nous rendait si forts et confiants en l'avenir ? Quelle raison t'a poussé à enfreindre notre serment, notre promesse de toujours tout se dire, et d'affronter les défis de la vie, avec courage et détermination ? Tu savais pourtant que j'étais là à tes côtés, à ton écoute, prêt à tout entendre et à t'aider.
Oui Isabelle, aujourd'hui, je suis inquiet, apeuré et terriblement suspicieux pour notre avenir »
Alors, il essayait de chasser de son esprit ces pensées qu'il se refusait à cautionner et encore moins accepter.

« Non ! Isabelle, non ! Ce n'était pas toi, n'est-ce pas ? Tu dois me le dire, Isabelle ! Tu dois nous sortir de cet insupportable quiproquo, mais parle-moi, je te croirais ! Tu ne manques de rien à la maison, ni dans ta vie, n'est-ce pas ? Et si c'est le cas, ne t'en fais pas, nous allons y remédier, crois-moi, mais parle-moi, je ne suis pas sûr de pouvoir supporter plus longtemps cette insoutenable angoisse. »
Soudain, la sonnerie de son mobile le fit sursauter et sortir de cette interminable hallucination.
À moitié inconscient, il allongea sa main jusqu'à la petite table de chevet où se trouvait l'appareil et machinalement, avec torpeur, il décrocha et le porta jusqu'à son oreille droite. C'était Isabelle qui prenait de ses nouvelles.
— Alors J-M, comment te sens tu ?

— Mieux, maintenant, mais quelle heure est-il ?
— Presque dix-neuf heures, nous rentrons à l'hôtel pour nous changer, tu te sens en forme pour sortir dîner ?
— Oui bien entendu, je vais me débarbouiller un peu, je vous attends avec impatience !
À peine cinq minutes plus tard, Isabelle fit irruption dans la chambre. Jean-Michel se trouvait encore sous la douche.
Bonsoir chéri ! Lança-t-elle. Dis donc, tu as fait une jolie pause !
— Oui ! J'en avais besoin, ces premiers rayons de soleil sont redoutables pour certains !
— Oui ! Parfois ils sont traîtres, il faut absolument savoir se protéger, beaucoup ne les supportent pas ! Bien, en tout cas, je suis contente que tu ailles mieux, j'avoue que j'étais un peu inquiète.
À ce moment, Jean-Michel, sortit de sa douche.
— Bonsoir chérie, répondit-il en lui posant un baiser sur ses lèvres. J'ai terminé, elle est toute à toi ! Au fait Alice va bien ?
— Oui, elle se prépare dans sa chambre, tu ne peux pas imaginer comme elle est ravie, il est vrai que nous avons suivi tes instructions à la lettre, nous espérons ne pas avoir abusé de ta confiance !
— Ne te tracasse pas chérie, l'argent est fait pour être dépensé.
Isabelle se défit de ses affaires, et pénétra à son tour dans la salle de bain.

Jean-Michel, ne put refréner l'obsédante pulsion de fouiller dans son mobile.

Il le prit dans sa main, puis se ravisa.

« Non je ne peux pas me rabaisser à faire cela, c'est trop mesquin et ce n'est pas mon genre ».

Il remit immédiatement l'appareil en place, et s'assit sur le lit, face au petit poste de télévision, les yeux dans le vide.

Une bonne demi-heure plus tard, Isabelle était prête. Pendant son absence sous la douche, la sonnerie de son smartphone avait buzzé et déclenché son vibreur à l'intérieur de son sac à main. Cependant, Jean-Michel n'avait pas bougé. Il en fit part à son épouse lorsque celle-ci l'avait enfin rejoint.

— Ah ! C'est certainement encore cette stupide de Claire, elle n'est pas très futée, elle commence à m'agacer sérieusement, c'est la troisième fois aujourd'hui.

— Tu ne veux pas savoir ce qu'elle veut ?

— Non ! Je ne veux tout de même pas la laisser me pourrir le week-end, quand même ! D'autant qu'elle s'est mise en arrêt maladie alors que j'avais besoin d'elle lundi.

À ce moment, Alice frappa à la porte de la chambre.

— Alors, vous êtes prêts ?

-Oui chérie, entre, juste une petite retouche de maquillage et on y va !

Cinq minutes plus tard, tous les trois empruntèrent l'ascenseur et se retrouvèrent parmi le tumulte de la rue.

C'était une magnifique soirée, l'air encore tiède caressait les visages rougis par l'impromptu soleil de la journée, avec douceur et générosité, qui ravissait avec mansuétude, les nombreux badauds arpentant les trottoirs du petit port.

Jean-Michel et Isabelle, main dans la main, presque sans dire mot, semblaient avancer dans ce flux, comme lorsqu'ils se retrouvaient jadis, à la sortie des cours et qu'ils marchaient enlacés pendant des heures, dans les rues de la capitale, sans but précis, plongés dans leurs tendres et agréables pensées. Pendant ces inestimables moments de trêve, Jean-Michel avait presque oublié le pénible tracas qui le torturait.

Alice, quant à elle, suivait, se figeant de temps à autre devant les vitrines des boutiques à la mode.

— Quelle agréable soirée ! Affirma Isabelle.

— Oui, on aimerait que ça ne s'arrête jamais ! Acquiesça Jean-Michel.

Cette sortie du samedi allait se poursuivre par le dîner dans le même petit restaurant de la veille, et un peu plus tard, par quelques cocktails dans un pub du centre-ville. Puis un peu grisés par l'alcool, tous trois allaient regagner à contrecœur, leurs chambres d'hôtel.

Les expectatives de Jean-Michel, n'allaient pas porter les fruits attendus. C'était évident maintenant, la nuit allait passer et le lendemain, c'était le retour à Paris.

Lundi matin, comme prévu, chacun allait vaquer à ses occupations. Jean-Michel ne savait plus quoi faire, il avait misé sur le bon sens d'Isabelle, lui offrant le temps de s'expliquer. Seulement, cela n'avait pas fonctionné, alors il ne lui restait pas d'autre solution que de la questionner, pour avoir peut-être une explication rationnelle.

Pourtant, il allait essayer à maintes reprises de parler sérieusement à Isabelle, mais à chaque fois, quelque chose venait s'interposer avec obstination et contrecarrer ses plans.

L'arrivée inopportune d'Alice, la sonnerie du téléphone, et le soir, l'obstiné inopportun et persévérant mal de tête d'Isabelle. Tout semblait se lier contre lui, se mettant avec opiniâtreté sur sa route.

6

Quelques jours allaient encore passer, sans la moindre nouveauté. Mais un soir, alors que Jean-Michel regagnait son domicile, après sa journée de travail, il pénétra chez lui, comme d'habitude, et surprit une conversation téléphonique d'Isabelle, dans la cuisine.
— « *Mais comment veux-tu que je lui annonce comme cela de but en blanc ?*
Je ne sais pas comment il pourrait réagir. Écoute, le mieux pour l'instant, c'est d'attendre le moment propice. Je vais d'abord en parler avec Alice, elle pourra peut-être trouver la façon et le moment opportun. Non, ma fille n'est pas encore rentrée, et Jean-Michel non plus ».
En entendant ces paroles, il resta de glace, ne sachant comment réagir. Il quitta en douce l'appartement,

puis resta un long moment sur le palier, le temps de reprendre son souffle.

Il y pénétra de nouveau, cette fois en faisant claquer la porte, pour éviter de surprendre Isabelle.

— Bonsoir les filles ! Je suis là ! S'exclama-t-il.

Au bout de quelques instants Isabelle répondit.

— Bonsoir chéri, j'arrive, je suis dans la cuisine.

Un instant plus tard, Isabelle rejoignit son mari. Son visage reflétait un certain embarras et une manifeste incommodité qu'elle ne pouvait dissimuler. Jean-Michel perçut immédiatement sa confusion, elle avait failli se faire prendre en flagrant délit, et cela l'avait déstabilisée.

— Tu rentres plus tôt aujourd'hui ? Marmonna-t-elle en bégayant.

— Oui, nous avons pour ainsi dire, fermé notre accord avec les Canadiens, il ne reste plus que l'aval et la signature de leur PDG. Alice n'est pas encore rentrée ?

— Non ! Elle m'a demandé si elle pouvait rester dormir ce soir chez une copine, pour réviser ! Annonça Isabelle, cette fois un peu plus sereine.

— Bien ! Alors nous allons pouvoir passer la soirée en amoureux, n'est-ce pas ?

— Oui chéri, mais j'ai un de ces maux de tête, je vais prendre quelque chose, j'espère que ça va passer !

— Écoute Isabelle, je te sens un peu confuse en ce moment ! Quelque chose te tracasse ?

— Mais non J-M ! Pourquoi dis-tu cela ? Tout va

bien ! Bon, c'est un peu la pagaille à la boutique à cause de l'absence de Claire, mais sinon pas de souci, je t'assure !

Jean-Michel ne savait pas comment aborder le thème qui l'inquiétait, il mesurait parfaitement les effets d'une explication directe et brutale. Celle-ci aurait avec certitude des conséquences irréparables. Une fois de plus, il allait reporter l'échéance, sachant qu'il ne pourrait pas supporter très longtemps cette ambiguïté et ambivalence de la part d'Isabelle.

Trop d'inhabituelles et curieuses occurrences venaient désormais corroborer ses soupçons. Tout d'abord, la rencontre qu'il avait pu observer place d'Italie, les anormaux et inopportuns appels téléphoniques, les nombreux messages et pour finir, la surprenante conversation qu'il avait involontairement surprise, à son arrivée.

« Je dois agir, je dois en avoir le cœur net, je ne vais tout de même pas passer pour le dernier des niais, acceptant tout sans réagir. Il ne faudrait tout de même pas que parce qu'Isabelle sait que je ne suis pas jaloux, qu'elle puisse tout se permettre, me faisant passer pour un simplet et imbécile, devant tout accepter sans broncher. J'ai ma dignité, et je compte bien me faire respecter »

Ce soir-là, malgré l'opportun mal de tête d'Isabelle, il allait tenter d'avoir une explication. Il savait qu'il n'arriverait pas à trouver le sommeil, sans un début de réponse cohérente. Ses nerfs étaient à bout et malgré les possibles conséquences, il était décidé à obtenir une réponse crédible de son épouse.

— Isabelle ! Il faut absolument que l'on parle !

— J-M, c'est si urgent ? Je t'ai dit que je ne me sentais pas très bien aujourd'hui !

— Écoute Isabelle, je ne vais pas tourner autour du pot. La semaine dernière, je t'ai vue dans un bar de la place d'Italie, en tête à tête avec un des professeurs d'Alice, tu peux me dire qu'avait-il de si personnel à te communiquer, dans ce lieu ?

— Attends ! Ah ! Oui ! Nous nous sommes croisés par hasard, et il m'a invité à prendre un café. Je ne vois pas ce qu'il y a de mal. C'est cela qui te tracasse tant ?

— Oui ! Et tous ces appels et messages intempestifs, c'est aussi ton professeur ?

— Attends J-M, ne me dis pas que tu es jaloux ? Tout d'abord, ce n'est pas « mon professeur » comme tu dis, mais celui d'Alice, et notre rencontre fut totalement fortuite. Quant aux appels et messages, je ne vois pas du tout de ce que tu parles, ou ce que tu imagines !

— Isabelle ! Ne me prends pas pour un imbécile ou un demeuré, je t'ai entendue tout à l'heure lui parler au téléphone et votre conversation était inéquivoque !

À cet instant, Isabelle ne sut que répondre. Elle demeura un long moment, cherchant une réponse crédible, mais malgré les efforts surhumains qu'elle déployait pour opposer une justification, celle-ci ne parvenait pas à son esprit.

— Alors, qu'attends-tu pour avouer ?

— Écoute Jean-Michel, je t'ai dit que je n'ai rien à me reprocher, maintenant, si tu ne me crois pas, c'est toi qui vois ce que tu veux faire !

— Mais merde ! Aie le courage d'assumer tes actes ! C'est trop facile de laisser les responsabilités de décisions aux autres, ton comportement est inacceptable et indigne.
Dis la vérité, tout à l'heure, c'est avec lui que tu parlais, oui ou non ? Je t'ai pourtant bien entendu lui dire quelque chose comme :

« Mais comment veux-tu que je lui annonce comme cela de but en blanc ? Il faudra trouver un moment propice pour lui en parler »
Ose prétendre que ce n'est pas vrai !

Isabelle, cette fois se mura dans un complet silence, se mit à pleurer, puis quitta la chambre pour se réfugier dans celle d'Alice. Ce furent les dernières paroles échangées ce soir-là.

7

« *Ottawa* »

Le lendemain, Jean-Michel devait se rendre avec un de ses collaborateurs à « Ottawa », pour finaliser le contrat avec les canadiens.
Il prépara brièvement sa valise, avec quelques affaires pour se changer, avant de se mettre au lit.
Vers six heures du matin, après un sommaire rafraîchissement, il quitta l'appartement, sans même adresser un simple « au revoir » à Isabelle, qui dormait dans la chambre d'Alice.

N'ayant pas pu prendre du repos un seul instant, Jean-Michel, complètement exténué, se rendit à Boulogne, où l'attendait son collègue, puis ils commandèrent un taxi pour « Charles de Gaulle ».

— Jean-Michel, tu es certain que tout va bien ? Tu ne couves pas quelque chose ? Je te trouve mauvaise mine ! Questionna son collègue. À vrai dire, il arborait une désastreuse apparence de déterré. Il avait bien essayé de se raser, mais son visage montrait de nombreuses failles sans compter les différentes coupures qu'il s'était involontairement provoqué. Quant à son accoutrement général, il était plus près d'un vagabond, que de l'élégant et distingué homme d'affaires, qu'il était censé arborer pour cette importante mission.

— Ne t'en fais pas Gérard, j'ai juste quelques petits problèmes familiaux et je n'ai pas dormi, mais sois sans crainte, je vais essayer de décompresser un peu dans l'avion, et je serais comme neuf !

Gérard LEGRAND, le collaborateur qui l'accompagnait n'en revenait pas. Jamais il n'avait vu son supérieur dans cet état de délabrement. Il essaya de le convaincre de rester à Paris, il s'occuperait de la mission. Après tout, il ne s'agissait que de signer le contrat, tout avait déjà été convenu, et sa présence n'était pas nécessaire.

Au vu de son état, il essaya de le persuader, mais Jean-Michel, insista lourdement, allant jusqu'à menacer son collègue.

— Gérard, cela suffit, je ne te permets pas de porter un quelconque jugement sur moi, je t'ai dit que je vais signer ce contrat et fais attention, je pourrais y aller seul, après tout tu n'es que mon subalterne, je pense que maintenant, c'est clair !

— Très bien, excuse-moi, je ne voulais surtout pas te froisser, nous allons prendre l'avion tous les deux, si tu veux bien !

— Oui bien entendu, je suis désolé, je me suis un peu excédé, rassure-toi tout va bien se passer.

Les huit heures environ que dura le vol, Jean-Michel allait les passer pratiquement à dormir, réveillé uniquement par les brèves et intempestifs sollicitations de la souriante hôtesse des « classes affaires », qui vint proposer les collations.

Il était un peu plus de onze heures du matin à Ottawa, lorsque l'imposant 747 de Canada Airlines toucha le tarmac de « l'Aéroport international Macdonald Cartier ». Sitôt arrivés, ils empruntèrent un taxi pour les conduire à leur hôtel en centre-ville, au « ARC THE.HOTEL », situé 140 Slater St. à quelques rues de la majestueuse place du « PARLIAMENT OF CANADA ».

Arrivés à l'hôtel, ils s'empressèrent de se rafraîchir, puis ils se changèrent, pour descendre déjeuner.

Jean-Michel, avait l'air désormais un peu plus éveillé, mais le nouveau costume qu'il avait enfilé, était excessivement froissé du fait de son mauvais rangement la veille, dans sa valise.

Gérard LEGRAND, son collègue, ne s'aventura pas à lui faire la remarque par peur de sa réaction. Néanmoins, Jean-Michel reconnu lui-même son manque d'aspect pour la réunion de quinze heures dans les bureaux de « *Electrocan* » de l'avenue Laurier Ave W.

— Écoute Gérard, si tu veux bien, nous allons essayer de déjeuner assez rapidement, j'aurais ainsi le temps de donner mon costume au pressing de l'hôtel.

— Oui, c'est une excellente idée, je n'osais pas te la proposer.

Après avoir pris leur déjeuner sur le pouce, dans la cossue salle de l'établissement, sans à peine échanger quelques impressions ou commentaires sur le rendez-vous, ils regagnèrent leurs chambres respectives. Jean-Michel fit le nécessaire pour appeler l'accueil et confier son costume au service.

À quatorze heures, ils se retrouvèrent comme convenu, au bar de l'hôtel. Cette fois, Jean-Michel arborait une tout autre allure, ils avaient juste le temps de sauter dans un taxi pour se rendre à leur entrevue dans le majestueux building de la société « *Electrocan* ».

Dans le taxi, Jean-Michel, n'avait pas l'air dans son assiette, il parlait à peine et montrait une incontrôlable nervosité. Son regard se perdait parfois sur le plafond du véhicule ou sur les innombrables et majestueux buildings du quartier, qui défilaient tel un carrousel, marmonnant de temps en temps quelques mots incompréhensibles. Son collègue Gérard, n'osait pas l'interpeller. Cependant, il ressentait à son tour, une appréhension, sur l'état de santé de son supérieur. C'était certain, quelque chose le tracassait, quelque chose qui le mettait dans un état second, impropre à mener à bien cet important entretien qui pouvait compromettre l'avenir de leur société boulonnaise et par conséquent leur propre avenir professionnel. Le taxi, tourna à droite sur Laurier Ave W. et s'arrêta.

— Voilà messieurs, vous êtes arrivés ! Lança le chauffeur dans un accent franco-canadien, à couper au couteau. Ils se retrouvaient comme deux lilliputiens au pied de la majestueuse et imposante tour de la firme canadienne.

Pour Gérard LEGRAND, c'était un moment qu'il redoutait. Son chef allait-il être à la hauteur de l'importante tâche qui les attendait ? Ce n'était pas le moment de rater l'entrevue et de laisser échapper l'extraordinaire contrat. Les conséquences auraient été désastreuses.

Pourtant, Jean-Michel eut pendant un instant, un mouvement de recul, comme une impulsion de prendre ses pieds à son cou et disparaitre à jamais dans le dédale des rues de la grande métropole. Induisant et redoutant cette inéquivoque sensation, Gérard LEGRAND posa sa main sur son épaule.

— Alors, Jean-Michel ! On y va ?

Ce geste, eut l'effet de le sortir de sa divagante torpeur, et dans un élan ils pénétrèrent dans l'imposant hall d'accueil.

Une ravissante hôtesse toute vêtue de bleu ciel, vint à leur rencontre.

— *Hello gentlemen, you must be Mr. PERRIN and Mr. LEGRAND, you are expected for the meeting, That's right ?*

— *Yes, yes miss, that's it!*

Confirma Jean-Michel, accentuant sa réponse d'un mouvement de la tête.

8

Après leur avoir remis un badge de visiteur, l'hôtesse accompagna les deux français jusqu'à l'ascenseur, qui se détint au quinzième étage où se trouvait la salle de réunion. Ils arrivèrent dans un ample et majestueux bureau au décor sobre, mais luxueux, qui procurait une magnifique vue à couper le souffle, sur le Parlement Canadien et sa vaste place. Après les présentations de rigueur, ils prirent place autour de la large table où se trouvaient déjà deux des collaborateurs, qu'ils connaissaient parfaitement, pour les avoir rencontrés à Boulogne à plusieurs reprises, lors des pourparlers.

Quelques instants plus tard « Ryan SCOTT » le Directeur, fit son entrée, et après avoir salué les deux visiteurs, il prit place et la réunion commença.

Gérard LEGRAND, remarqua que Jean-Michel était de plus en plus nerveux. Quelque chose le tracassait, et pourtant ce n'était pas cette réunion avec les Canadiens, il en avait mené des centaines, avec de multiples grands patrons et collaborateurs dans divers pays, c'était son job, et il était rompu à ce genre de rencontres, alors, c'était nécessairement autre chose. Assis sur sa chaise, il manipulait fébrilement les feuilles de son dossier, tout en agitant de manière incontrôlable sa jambe droite alors que quelques gouttes de sueur commençaient à perler sur son front. Gérard se demandait maintenant s'il serait capable de mener à bien la signature qui finalisait le considérable contrat.

Ryan SCOTT commença à énumérer les nombreuses clauses de l'accord obtenu lors des longues négociations par les collaborateurs. Cependant Jean-Michel semblait lointain, perdu dans ses pensées.

Gérard, cette fois, inquiet, interpela discrètement Jean-Michel, en posant sa main sur son avant-bras.

— Tout va bien ? Questionna-t-il.
— Pardon, tu disais ? Réagit Jean-Michel
— Excuse-moi, mais je te trouve bizarre, quelque

chose ne vas pas ?

— Non ! Non ! Tout va bien !

Pourtant, Gérard réalisait que son chef n'était pas en mesure de poursuivre dûment la réunion.

Ayant terminé d'énumérer les différentes clauses contractuelles, Ryan SCOTT proposa un tour de table. Bien entendu, pour ses deux collaborateurs, il n'y avait rien à ajouter, seulement, voyant que Jean-Michel ne prenait pas la parole, Gérard LEGRAND cautionna à son tour les termes du contrat. À ce moment, Jean-Michel se leva de sa chaise et cette fois, il allait surprendre l'ensemble du meeting.

— Attendez ! Nous avions convenu que les frais de transports des éléments seraient à la charge de l'acheteur, c'est-à-dire de ELECTROCAN, c'est bien cela, LEGRAND !

Gérard se trouva soudainement dans un épouvantable embarras. Il s'approcha de son oreille et lui marmonna.

« Non Jean-Michel, c'était au début des négociations, souviens-toi, plus tard nous nous sommes mis d'accord pour partager ces frais ».

« Pas du tout, nous avions convenu que tout serait à la charge de ELECTROCAN, j'en suis certain ! Ils veulent nous entuber ces conards de canadiens ! Il n'en est pas question !

« *Allons Jean-Michel, réfléchis, nous avons donné notre accord, je m'en souviens, c'était dans nos bureaux de Boulogne* ».

Soudain, Ryan SCOTT questionna.

— Monsieur PERRIN, y aurait-il un problème ?

— Oui Monsieur, comme je viens de vous dire, lors de nos entretiens nous avions bien convenu que le transport était à votre charge, c'était bien clair !

— Monsieur Jean-Michel PERRIN, je suis surpris par votre affirmation, ce n'est pas ce qui m'a été rapporté !

Je crains que dans ces conditions, nous allons devoir abandonner notre arrangement et suspendre définitivement notre collaboration. Avez-vous autre chose à ajouter ?

— Non Monsieur SCOTT ! Les accords sont faits pour être respectés !

Ryan SCOTT se leva furieux, et sans dire un mot, abandonna la salle, suivi de ses deux subalternes.

Cramponné à son siège, Gérard LEGRAND croyait rêve. Jean-Michel venait de faire capoter en quelques mots, un contrat de vente de matériel électronique de pointe, de plusieurs millions de dollars. Qu'allait-il se passer maintenant ? Quelle serait la réaction de leur patron, et l'avenir de l'entreprise qui comptait sur ce méga contrat ? Et leur sort, qu'allait-il advenir de leur sort ? À coup sûr, ils seraient licenciés, et avec certitude pour « faute grave », autrement dit, sans la moindre indemnité.

Restés seuls dans le bureau, Gérard s'empressa de questionner Jean-Michel.

— Mais qu'est-ce qui t'arrive, bon sang ? Tu es

Devenu fou ou quoi ? Tu imagines un peu ce que tu viens de faire ? Nous sommes foutus, Jean-Michel ! Nous sommes foutus !

— Merde ! On ne va tout de même pas se laisser faire par ces connards ? Tu as vu ce qu'ils voulaient obtenir, ces enflures ? Répliqua nerveusement Jean-Michel.

— Mais arrête un peu, c'était ce que nous avions convenu, la dernière fois à Boulogne. Nous devons absolument rattraper le coup, sinon je ne donne pas cher de nos têtes.

— Il n'en est pas question ! Vociféra cette fois Jean-Michel, tu ne vois pas qu'ils veulent nous berner comme des bleus, ces bouffeurs de sirop d'érable ?

— Mais non Jean-Michel, je t'assure, bon sang tu étais présent à la réunion, et tu avais donné ton accord, pourquoi tu fais cela maintenant ? Tu es conscient des conséquences pour la boîte et pour nous ! Je ne te comprends pas, si tu as des problèmes personnels, il fallait me laisser venir seul comme je te l'avais proposé ! Viens, nous allons essayer de parler à SCOTT, il n'est peut-être pas encore trop tard !

— Non ! Gérard, il n'en est pas question ! Il faut avoir un peu de fierté, sinon on te bouffe, le monde est comme cela ! C'est eux qui ont rompu le contrat en changeant les clauses, tu sais ce que cela représente, de prendre en charge la totalité du transport ? Je connais parfaitement ce genre de rapaces, ce sont des profiteurs sans le moindre scrupule.

Allez viens on s'en va ! Je ne reste pas une seconde de plus ici, dans cette foutue boîte de fourbes hypocrites et fallacieux tricheurs !

Gérard était atterré, il croyait rêver. Ils venaient de perdre en quelques minutes le mirobolant contrat qu'ils avaient eu tant de mal à acquérir, sans même comprendre la raison qui avait mené Jean-Michel à cette déconcertante et incompréhensible attitude.

Tous deux allaient quitter les lieux sans le moindre accompagnement, déposant seulement leurs badges sur le comptoir de l'accueil.

— Bien, et on est sensé faire quoi maintenant ? Questionna Gérard.

— Moi je prendrai bien quelque chose de fort, nous devons arroser cela !

— Mais arroser quoi Jean-Michel ? Tu divagues !

— Notre honneur Gérard ! Notre honneur !

Gérard ne comprenait plus rien. Il leva la main, et quelques secondes plus tard un taxi s'arrêta à leur hauteur.

— Allez Jean-Michel, on rentre à l'hôtel, nous devons rendre des comptes à Boulogne.

— Rentre si tu veux, moi j'ai besoin de m'aérer, je vais marcher un peu

— Oui, tu as peut-être raison, tu as besoin de te remettre les idées en place, mais je te préviens, ne compte pas sur moi pour parler au Boss !

Sans la moindre réponse, Jean-Michel s'éloigna, en même temps que Gérard s'engouffrait dans son taxi.

Il allait errer dans les rues de la ville, sans but ni raison, faisant seulement une halte à chaque bar, où il commandait invariablement un whisky. Déambulant pendant toute l'après-midi dans l'agitation des longues et tumultueuses rues de la capitale canadienne, presque comme un automate. Pourtant, son esprit était ailleurs, il ne parvenait pas à se défaire de cette obsession qui le rongeait, cette image du bar de la place d'Italie, pourtant distante de plus de cinq mille kilomètres. Ces messages et appels, cette conversation inéquivoque qu'il avait surpris, ces flagrants mensonges d'Isabelle, qui l'avaient plongé dans une profonde angoisse dont il ne parvenait pas à se soustraire.

À aucun moment il n'avait songé au contrat avorté et aux conséquences, qui sans le moindre doute, allaient s'abattre sur ses épaules et son avenir professionnel. C'était cette autre chose qui le tourmentait à un point devenu à présent inquiétant et maladif.

Désormais, la nuit était tombée sur Ottawa, et Jean-Michel continuait son interminable parcours, maintenant largement aveuglé par l'alcool, les rues et vitrines illuminées, qui le plongeaient dans une sorte de halo, le faisant planer, comme si ses pieds ne touchaient plus terre.

Sa déambulation allait le mener dans un club du quartier chaud, le « CATY At Night Club » sur Slater St.

9

Jean-Michel pénétra dans le vaste et bruyante boîte de nuit, commanda un whisky, et entrainé par l'engageante et frénétique musique, se mêlant à l'abondante foule, se mit à danser comme un fou furieux sur la piste. Submergé par l'alcool, ne contrôlant plus ses gestes, il ne tarda pas à molester les jeunes femmes présentes, outrageusement sans la moindre retenue, finissant par renverser son verre sur l'une d'entre elles. La réaction de son compagnon ne se fit pas attendre.

Jean-Michel se prit une droite en pleine mâchoire qui le fit chuter lourdement sur la piste. Un instant sonné, il allait cependant réussir à se relever, bien décidé à ne pas se laisser faire. Il frappa à son tour son adversaire, roulant tous deux sur le sol, concluant en une mêlée qui prit fin, lorsque deux vigiles les empoignèrent et les jetèrent sur le trottoir.

Une patrouille de Police allait les embarquer, et tous deux se retrouvèrent dans un état déplorable, au poste, où ils allaient passer la nuit, en salle de dégrisement.

À l'hôtel, Gérard, qui avait attendu pendant des heures à l'accueil, la venue de son chef, avait fini par monter dans sa chambre. Allongé sur son lit, il guettait avec anxiété l'arrivée de Jean-Michel. Leurs chambres étant mitoyennes, il savait qu'il l'entendrait ouvrir sa porte.

Seulement, rien n'advint, et Gérard avait fini par s'assoupir.

Vers sept heures du matin, Gérard, se réveilla en sursaut. Un bruit venant du couloir, le fit sauter de son lit où il avait dormi tout habillé et en deux enjambées, il gagna le long couloir. Simplement, c'étaient seulement des clients qui quittaient leurs chambres de bonne heure.

Déçu, il vint poser son oreille contre la porte de la chambre de son collègue, afin de vérifier s'il percevait un quelconque bruit. Hélas, rien ne filtrait à travers elle.

Ne sachant que faire, il demeura un long moment sur place. Devait-il frapper à la porte, au risque de le réveiller, si celui-ci était rentré lorsqu'il s'était endormi ?

Finalement, il regagna sa chambre et appela la réception. Là assurément, quelqu'un allait pouvoir lui confirmer la présence de Jean-Michel.

— Non ! Monsieur LEGRAND, votre collègue français n'est pas rentré. Même si chacun conserve la carte magnétique de sa chambre, le personnel de la permanence tient un journal, mentionnant les personnes présentes, et je remarque que monsieur Jean-Michel PERRIN, n'est pas rentré cette nuit.

— Vous en êtes certain ?

— Oui, absolument !

— Alors il faut alerter les autorités, quelque chose lui est certainement arrivé.

— Attendez monsieur LEGRAND, je vous rejoins dans quelques instants, nous allons malgré tout vérifier sa chambre avec le pass !

À peine quelques minutes plus tard, le responsable et Gérard pénétrèrent dans la chambre de Jean-Michel. Effectivement, elle était vide, le lit n'était pas défait et seules ses affaires se trouvaient sur place.

Gérard allait immédiatement demander au responsable de service, de prévenir les autorités. L'absence de son supérieur était indéniablement préoccupante.

La Police allait très vite confirmer la présence de Jean-Michel dans leurs locaux, de « Ottawa Police 295 Coventry Rd », arrêté pour altercation et ivresse sur la voie publique. Un rapport avait même été envoyé à l'ambassade Française, les prévenant de l'arrestation de l'un de ses citoyens.

Sans perdre une minute, Gérard, sauta dans un taxi pour se rendre au commissariat.

Après avoir parlementé un bon moment, avec le « Superintendant », et payé la conséquente amende, il réussit à faire libérer son collègue.

Jean-Michel était dans un état déplorable, la montre de son poignet indiquait maintenant dix heures du matin, et il tenait à peine debout. Gérard interpela un taxi, et immédiatement ils se rendirent à l'hôtel.

— Mais qu'as-tu fait pendant toute la nuit ? J'étais fou d'inquiétude !

Jean-Michel ne dit mot.

— Tu sais, ils sont déjà au courant à Boulogne, je n'ai pas eu à les prévenir, Ryan SCOTT s'en est chargé, j'ai juste eu un appel du Boss, nous demandant de rentrer au plus vite. Je n'ose imaginer ce qui va nous arriver, mais je crains le pire. Je crois que nous sommes bons pour pointer à l'A.M.P.E.

« *Boulogne Billancourt* »

Les craintes de Gérard allaient se révéler bien en dessous de la réalité.
Lorsqu'ils arrivèrent au bureau, ils furent convoqués par André LAFFARGUE.
Sans même leur laisser le temps d'esquisser un début d'explication, le patron vociféra.
— Jean-Michel PERRIN et Gérard LEGRAND, vous êtes virés, avec effet immédiat ! Vous avez été en-dessous de tout, surtout vous PERRIN, Vous avez commis une faute grave, qui aura des conséquences

irréparables pour la société. Je vous avais averti que ce contrat était vital pour MACROMEX. Nous allons devoir mettre la moitié du personnel au chômage et de plus, nous ne serons désormais plus crédibles pour personne.

Et je peux vous assurer que vous non plus, vous n'allez pas trouver du travail de sitôt.

C'était fini pour eux. À partir de ce moment, ils furent sommés de rassembler les quelques effets personnels sur leurs respectifs postes de travail. Ils allaient devoir quitter définitivement l'entreprise, les exonérant d'un quelconque préavis.

— Vos droits seront examinés par nos avocats, mais je ne veux plus entendre parler de vous !

Invectiva André LAFFARGUE.

Ce furent les dernières paroles qu'ils allaient entendre de leur patron, avant d'être conduits jusqu'à la porte de l'établissement par un agent de sécurité.

Sur le trottoir, les deux hommes faillirent en venir aux mains.

— Jean-Michel, tu es un salop ! Je t'avais pourtant prévenu, mais qu'est-ce que tu as dans la tête ! Il faut te faire soigner, tu es un enfoiré d'irresponsable ! Comment vais-je faire pour nourrir ma famille maintenant ? Mais qu'est-ce qui t'a pris nom de dieu ? Allez dégage ! Je ne veux plus jamais te revoir !

Jean-Michel, comme envoûté, encaissait les propos injurieux de son collègue, sans la moindre réaction.

Il commençait seulement à comprendre ce qu'il avait fait, au nom d'une déraisonnable simple suspicion. Il ne parvenait pas à se défaire de cette obsession qui avait totalement pris les rênes de son mental, et qui le menait tout droit à la folie. Dépité, comme un navire à la dérive, il allait errer pendant toute la journée dans les rues de Paris, s'étant très vite débarrassé de ses quelques effets personnels, qui encombraient ses mains. La nuit allait tomber sur la capitale, et Jean-Michel, qui n'avait pas pris le temps de se rassasier, se demandait maintenant que faire.

Il lui était impossible de rentrer à la maison et d'annoncer qu'il n'avait plus de travail. Non, cela lui semblait impensable, il devrait forcément affronter le regard d'Isabelle et de sa fille, et pour lui c'était quelque chose d'inimaginable, quelque chose à laquelle il ne pouvait pas faire face. À plusieurs reprises, l'idée de disparaître pour toujours lui avait traversé esprit,
et celle-ci commençait à frapper de plus en plus fort à sa porte.

C'était comme une opiniâtre compulsion, qui dépassait ses possibilités de résistance et de combat, quelque chose d'inarrêtable, qu'il n'était plus en mesure de maitriser.

« *Finalement, c'est peut-être la solution. Plus de soucis, plus de comptes à rendre à personne, plus à subir le regard de mon épouse ou d'Alice. Isabelle m'a ouvertement trahi sans le moindre remords, n'ayant même pas le courage de me l'avouer. Pourtant, j'aurais pu être conciliant et pardonner. Elle le savait parfaitement, je n'ai jamais été un tyran, ou un odieux et insupportable jaloux. Je crois lui avoir toujours démontré une certaine confiance dans ce domaine. ».*

Sa terrifiante obsession n'allait plus le quitter, même si par moments, il entrevoyait peut-être une manière de se sortir de cette affligeante compulsion qui l'obsédait. Il lui était impossible de trouver une solution et il revenait toujours à son épouvantable et macabre détermination, avec chaque fois plus d'acharnement. Il était certain désormais, c'était la solution. Oui, la seule qu'il lui restait, il allait en finir avec cette vie qu'il ne supportait plus, mais de quelle façon ? Il allait devoir réfléchir à la meilleure manière d'y parvenir.

Errant sans but dans les rues, n'arrivant pas à trouver la solution adéquate pour sa résolution, dans le tumulte et incessant brouhaha de la foule, il opta pour prendre une chambre d'hôtel, pour y réfléchir sereinement.

Allongé sur le lit de sa miteuse chambre d'hôtel, Jean-Michel passait en revue une et mille fois les innombrables possibilités d'en finir avec sa vie. Soudain, la sonnerie de son téléphone rompit ses macabres pensées. Le nom « Isabelle », s'affichait sur l'écran de son mobile.
Cependant, il allait ignorer l'appel. Que pouvait-il lui répondre ? Non, il était désormais incapable de parler à qui que ce soit. Sa décision était prise, alors que pourrait-il lui dire ? Cependant, les appels allaient se succéder de plus en plus rapprochés, le nom « Isabelle » s'affichant avec une persistance obsession sur ce foutu appareil.
Excédé, il saisit son téléphone avec l'intention de le fracasser contre le mur de la chambre, puis se ravisa.

Devait-il parler une dernière fois à son épouse ?
Pendant un long moment il hésita, puis décrocha.
— Jean-Michel, que se passe-t-il, tu as vu l'heure ? Où es-tu, ne me dis pas que tu es encore au bureau ? Nous sommes inquiètes, tu aurais pu prévenir !
Jean-Michel ne sut que répondre, et sans prononcer le moindre mot, il raccrocha.
À peine quelques secondes plus tard, la maudite sonnerie retentit de nouveau, c'était un véritable cauchemar.

« Pourquoi ce satané sort s'acharne-t-il avec une telle assistance, comme s'il voulait me dire quelque chose ? Je devrais peut-être revoir une dernière fois ma femme et ma fille »,

Cette fois, c'est lui qui prit le mobile et appela Isabelle. Inventant d'invraisemblables justifications, il allait affirmer qu'il était sur la route, et qu'il serait bientôt à la maison. Jean-Michel, alors décidé, quitta l'hôtel et prit la direction de son appartement. À ce moment, il se rendit compte qu'il avait oublié son « Audi ».
C'était un détail, qui désormais, l'importait peu. Il allait rentrer en métro.
Arrivé devant la porte de son immeuble, Jean-Michel eut subitement comme un flottement, une soudaine et incontrôlable réticence, qui prit fin lorsque son voisin de palier arriva et l'invita courtoisement à entrer en lui tenant la porte.

Désormais, il n'avait plus d'échappatoire, tous deux prirent l'ascenseur jusqu'à leurs propres appartements du troisième étage.
Jean-Michel sortit nerveusement le trousseau de clefs de la poche droite de sa veste et pénétra chez lui.
— Bonsoir !
— Bonsoir, mais que s'est-il passé, pourquoi rentres-tu si tard ? Nous étions mortes d'inquiétude !
Questionna Isabelle.
— Rien de grave ! Une énième réunion de dernière minute !
— Et tu n'as pas eu une seconde pour me prévenir ? Tu es certain que tu étais bien en réunion ? Je te trouve très bizarre J-M, tu as une drôle de tête, et tu as bu, tu sens l'alcool à dix mètres !
Exaspéré par la kyrielle de questions et affirmations d'Isabelle, Jean-Michel fulmina.
— Bon ça suffit l'interrogatoire, merde ! Est-ce que je t'en pose moi des questions sur tes rendez-vous et tes incessants messages et appels ?
Cette inattendue réponse de Jean-Michel, laissa Isabelle sans voix.

« Je me demande s'il ne se doute pas de quelque chose ».
Isabelle allait en rester là. Plus une question, plus une réponse, plus une parole.
À ce moment, Alice sortit de sa chambre.
— Bonsoir Papa ! Mais qu'est-ce qui vous arrive,

pourquoi ses cris, vous êtes devenus fous ou quoi ?

— Ce n'est rien Alice, ce n'est rien, ne t'en fais pas, nous allons dîner ! Ajouta Isabelle.

Le repas eut lieu dans un silence de mort, tout juste troublé par les inévitables chocs et grincement des couverts. Puis sans le moindre propos, tous allaient regagner leurs chambres, mais cette nuit Jean-Michel allait se diriger vers la chambre d'amis.

Seul dans son lit, il allait ruminer durant toute la nuit, et réussir à se convaincre définitivement de la culpabilité d'Isabelle. Les vieux démons venaient de nouveau l'assiéger, avec une indécente insistance et opiniâtre obstination.

Désormais, son idée de suicide avait momentanément déserté son esprit, il fallait qu'il aille jusqu'au bout de cette histoire, avant de penser à son destin.

Le lendemain matin, ce fut Isabelle qui se leva la première et prépara le café pour tous, puis Jean-Michel allait la rejoindre à la cuisine, la saluant par un imperceptible « *Bonjour* », avant d'être rejoint par Alice.

Et comme si rien n'était, chacun allait partir pour son travail. Jean-Michel quitta le domicile le premier comme à son habitude, mais cette fois à pied, son « *Audi* » étant restée sur le parking de Boulogne. Après avoir emprunté la ligne neuf du métro jusqu'à la station « *Billancourt* », il récupéra son véhicule, puis vint rôder autour de la boutique d'Isabelle, dans le cinquième arrondissement, avec en tête d'espionner les moindres faits et gestes de son épouse. Il avait besoin de savoir, de connaitre cette vérité qu'on lui cachait et qui devait éclater au grand jour.

Ce jour-là, il ne se passa rien, Isabelle ne bougea pas de sa boutique, affairée par son travail, dû à l'absence de « *Claire* », l'une de ses employées.

Pendant tout le reste de la semaine, Jean-Michel allait réitérer ces surveillances et pitoyables espionnages d'Isabelle, sans le moindre succès.

À la maison, l'atmosphère s'était quelque peu adoucie, et désormais, un semblant de suave normalité avait fait place à la suffocante ambiance des derniers jours. Pourtant, l'apaisement allait être de courte durée, les insupportables sonneries des douteux et suspects appels et les tintements de réception de messages sur le mobile d'Isabelle allaient se poursuivre avec une régulière et opiniâtre persévérance. Pour Jean-Michel, cela devenait insupportable, surtout que son épouse s'éclipsait à chaque fois, et ne délivrait pas la moindre information sur leur provenance.

Cette fois, il allait laisser de côté sa prévenante et respectueuse attitude qu'il avait toujours suivi avec le plus grand des égards pour autrui, et outrepasser ses prérogatives de confidentialité. C'était devenu pour lui, un impératif plus que nécessaire. Il devait connaître la vérité, toute la vérité, et avoir des preuves tangibles sur ce qu'il y avait entre ce Paul MERCIER et Isabelle. Pour cela, Jean-Michel devait absolument avoir accès d'une manière ou d'une autre, aux appels et messages enregistrés sur le mobile de sa femme.

Les jours passaient, et Jean-Michel n'avait toujours pas réussi à s'emparer de l'appareil, même si à un moment il avait songé à se l'approprier par la force.

Cela devenait absolument nécessaire sans délai, son licenciement ne tarderait pas à arriver aux ouïes de son épouse et il n'avait pas l'intention d'avoir à s'expliquer. Cette épreuve, il ne l'avait jamais envisagée et il avait décidé qu'elle n'aurait pas lieu.

Cette fois, il était déterminé. Comme à son habitude, Isabelle prenait toujours sa douche aussitôt rentrée de la boutique. C'était le moment opportun pour s'emparer de son téléphone. Il avait déjà failli le faire, mais cette fois il n'allait pas reculer. Sans le moindre remords, il irait jusqu'au bout de son objectif avec détermination.

Le soir même, il allait mettre son pathétique projet a exécution. Une fois isabelle sous la douche, Jean-Michel entreprit d'accaparer son mobile, dans son sac à main. Il fouilla nerveusement son contenu sans réussir à le saisir, un peu énervé, il retourna complétement le sac sur le lit, et tout son vaste contenu se répandit. Seulement, pas la moindre trace du mobile. Jean-Michel, furieux quitta la chambre. Pour lui, c'était une preuve de plus, Isabelle avait volontairement caché son téléphone, c'était la certitude, qu'elle avait bien quelque chose à se reprocher. Le moment était venu de prendre une décision, tout était limpide. À quoi bon chercher des excuses ou des justifications ? Il n'y en avait pas, non, pas la moindre. Cette fois, il fallait bien se rendre à l'évidence.

Il n'était plus capable de comprendre ni assimiler cette situation qui dépassait désormais son entendement. Tout autour de lui se désintégrait, son travail, sa famille, rien n'était plus rationnel, tout s'annihilait et se désagrégeait sans appel.

N'étant plus capable de discernement, il allait prendre une décision drastique et vertigineuse.

« WALTHER P-38 »

Jean-Michel, se trouvait désormais acculé contre les cordes. Il avait perdu son travail, ses amis, et son honneur, c'en était trop, il lui fallait réagir et reprendre la main. Jamais dans sa vie il n'avait été induit à une telle avalanche de détresse et de gageure. Sans même réfléchir, il allait acquérir une arme, assez facilement d'ailleurs, elles foisonnaient dans certains quartiers de la région parisienne, et pour un prix plus qu'abordable. Ce fut facile, il fit appel au leader qui s'était empressé de lui fournir les produits illicites quelques semaines auparavant, et vingt-quatre heures plus tard, il avait en sa possession un magnifique « WALTHER P-38 » avec ses munitions.

Qu'allait-il en faire ? Il se trouvait maintenant avec un dangereux outil en sa possession, c'est à peine s'il osait le toucher. Il n'en revenait pas, d'avoir acquis cette chose, au point de vouloir s'en débarrasser dans la Seine.

Le soir, les affligeants tourments venaient le torturer sans le moindre répit, dans ses rêves éveillés, passant par des excessifs moments de rage et de fureur, à d'autres remplis de tristesse et de douleur.

Pendant les rares moments de clairvoyance, il se prenait à penser.

« Mais que m'arrive-t-il ? Je suis fou, qu'est-ce que je fais avec cette chose entre les mains ? Comment ai-je pu en arriver là ? Je suis une personne des plus normales, avec mes défauts comme tout un chacun, bien entendu, mais je peux dire que j'ai pas mal réussi dans la vie, j'ai épousé la femme que j'aimais, et j'ai la chance d'être père. Ma vie était partie pour un avenir sans taches, et du jour au lendemain, tout s'écroule comme un vulgaire château de cartes, sans crier gare, sans un infime signe d'alerte ni la moindre prémisse d'avertissement ou signe avant-coureur ».

Deux longues journées, à errer dans les rues de la ville, avec leurs respectives nuits pleines de cruels démons allaient encore passer, sans que Jean-Michel ne retrouve un semblant de sérénité.

Un matin, il se leva, bien décidé à agir et à mettre fin à cette oppressante et insupportable épreuve qui hantait ses jours et surtout ses nuits. Il allait en finir, et le moment était venu.

Il s'empara de son P38 qu'il dissimulait dans un recoin de son placard, enfila le chargeur, et plaça le tout au fond de sa serviette en cuir avant de partir pour son désormais inexistant travail. Il quitta l'appartement, avec un simple « au revoir », puis se dirigea vers son véhicule stationné un peu plus loin dans la rue, où il resta tapi en attendant le départ d'Alice pour le lycée. Une fois la voie libre, il revint à la maison où se trouvait encore Isabelle. Il ouvrit la porte, et sans la moindre hésitation, il fit feu à deux reprises sur elle, la blessant mortellement. Aussitôt, il quitta en trombe l'appartement et rejoignit le « lycée Montaigne » dans le sixième arrondissement. Il pénétra tranquillement, et demanda la salle des professeurs.

Paul MERCIER se trouvait là, devant lui. Sans prononcer le moindre mot, il sortit son pistolet de sa sacoche et fit feu à bout portant à trois reprises sur le professeur. Celui-ci roula à terre, et en quelques instants, une rougeâtre mare de sang s'épandait tranquillement sur le carrelage de la pièce. Jean-Michel venait d'assouvir sa vengeance. Il poussa alors un long soupir de soulagement, puis désormais apaisé, il allait pouvoir terminer son travail. Alors tel un automate, il plaça tranquillement, le canon de son arme sur sa tempe, et fit feu.

« Lycée Michel de Montaigne »

Ce jour-là, Jean-Michel venait de commettre des actes funestes et irrémédiables, croyant agir avec justice et raison. Seulement, dans la vie, les choses ne sont pas toujours aussi flagrantes et sans équivoque.
Il venait de perpétrer la pire des erreurs, avec son terrible et dramatique dénouement.
Seulement, la personne qui allait désormais vivre avec ce terrible drame serait Alice, oui, Alice et son futur enfant.

Effectivement, la jeune lycéenne était enceinte, de deux mois, mais revenons un an auparavant.

Dès son arrivée au Lycée Montaigne, à la rentrée de septembre, Alice allait avoir un coup de foudre pour son professeur de Mathématiques. Pour elle, c'était le plus beau, le plus drôle, le plus intelligent. Elle allait tout faire pour qu'il la remarque parmi ses copines, elle était décidée à combattre de toutes ses forces, pour le séduire. C'était certain, il serait à elle. Pourtant, Paul MERCIER était âgé de trente-trois ans et elle n'en avait que dix-sept. Seulement, pour la jeune fille, ce n'était qu'un simple détail, auquel elle n'accordait aucune importance, bien au contraire.

Oui, il se démarquait avec aisance des quelques petits amis qu'elle avait fréquenté, et de ses camarades de classe, qu'elle considérait comme de petits morveux braillards et boutonneux, sans le moindre intérêt.

Évidemment, elle savait que cela n'allait pas être chose facile, elle allait devoir déployer tous ses atouts pour le séduire, sachant aussi qu'elle ne serait peut-être pas la seule à avoir « flashé » sur le jeune et beau professeur.

Alice était prête à se battre bec et ongles, avec celle qui oserait se mettre en travers de son chemin.

Et bien entendu, dès le premier jour, elle allait vérifier la besogne qui se hissait devant elle. Le jeune professeur, était devenu le sujet de conversation de la moitié des filles de la classe. Alice allait pourtant utiliser une tout autre méthode, en montrant ouvertement son indifférence. C'était, pensait-elle la meilleure manière d'attirer son attention. Elle devait absolument sortir du lot, c'était sa seule chance de susciter son intérêt. Et ce fut un pari réussi.

Paul MERCIER, allait très vite remarquer le petit manège de sa jeune élève, cette singulière et surprenante façon qu'elle avait choisi, et qui détonait parmi les ostentatoires postures, du reste de la gent féminine pour attirer son attention.

Le professeur allait très vite s'intéresser à elle, tout d'abord sur un simple plan didactique, puis malgré ses titanesques efforts pour ne pas succomber à la tentation, il allait ressentir un irrésistible attrait, pour cette ravissante jeune fille, qui, telle une araignée, avait sournoisement tissé sa toile autour de lui, et finit par l'attirer dans son piège. Comme envouté, Paul MERCIER avait succombé à son irrésistible attrait cœur et âme. Pour Alice, ce fut un remarquable succès, son plan avait admirablement réussi.

Très vite, des regards captivants allaitent se croiser à longueur de journée. Pendant les cours, dans les couloirs, et plus appuyés le matin à l'arrivée ou à la sortie. Un jour, Alice allait prendre son courage à deux mains, et demander à son prof si elle pouvait le rejoindre dans son petit studio qu'il occupait non loin de là, pour des questions sur une leçon qu'elle n'avait pas comprise. Paul MERCIER, agréablement surpris, allait accepter avec un enthousiaste empressement. C'était trop beau, jamais il n'aurait osé envisager une seconde, que la ravissante Alice lui rende les choses aussi faciles. Paul savait parfaitement la finalité de sa jeune élève, et les conséquences qui pourraient en découler, mais il repoussait d'un revers de manche les incessantes et intempestives voix qui venaient l'importuner dans son mental.

Une demi-heure plus tard, ils allaient se retrouver seuls dans le petit meublé juché au cinquième étage sans ascenseur de la rue « Herschel ».

Son exigu studio meublé qu'il louait, avait été rénové, étant à l'origine une ancienne chambre de bonne. Il se composait d'une seule pièce d'environ quinze mètres carrés, et d'une minuscule salle de bain. Doté du strict minimum, un sofa, une petite table métallique, avec sa chaise à l'identique et dans un coin un évier et un plan de travail sur lequel il avait posé un réchaud électrique à deux plaques et une cafetière. Juste au-dessus, une étagère en bois plaqué, lui servait de rangement pour les couverts et les quelques ustensiles de cuisine. Dans le coin opposé, près de l'unique fenêtre, il avait déposé un porte vêtements en fer chromé, sur lequel il déposait ses quelques affaires vestimentaires.

Alice avait réussi son rêve. Cependant, elle semblait maintenant un peu embarrassée de se trouver là, dans la chambre de son Prof.

— Assieds-toi, Alice ! Proposa le professeur, en désignant de son index le canapé dépliable qui lui servait aussi de lit le soir pour dormir.

— Bien ! Alors quel est ce problème que tu n'as pas bien saisi ?

— Pour tout vous dire Monsieur, ou plutôt Paul, ce n'est pas un problème de mathématiques / droit, et je suis certaine que tu te doutes de quoi il s'agit !

— Oui effectivement, j'en ai une vague idée !

— Paul, j'ai quelque chose à te dire, je suis tombée amoureuse de toi ! Et je pense que je ne te suis pas indifférente, n'est-ce pas ?

Paul resta un instant pensif et finalement acquiesça d'un mouvement de tête, suivi d'un « oui » aspiré à peine audible.

— Paul, approche, viens près de moi !

Le professeur vint s'assoir à ses côtés, et Alice se jeta à son cou, puis tous deux sombrèrent fougueusement dans un long et interminable baiser.

Deux heures s'étaient écoulées comme un coup de vent. Paul demanda alors :

— Alice, il faut que tu rentres à la maison, tes parents vont sans doute s'inquiéter !

— Non, j'ai prévenu ma mère que je devais passer chez une copine et que je rentrerai plus tard.

— Écoute Alice, nous devons être très prudents, tu connais les risques, et les conséquences qui ne manqueront pas de s'abattre sur nous.

— Oui Paul, je sais parfaitement, mais nous sommes bien ensemble, cela ne regarde personne.

— C'est certain Alice, je ne désire qu'une chose, rester avec toi.

Paul était conscient du risque qu'il prenait. Alice était son élève, et mineure de surcroit. Son avenir professionnel et judiciaire était en jeu. Seulement, à aucun moment il n'envisageait de mettre fin à cette toute récente mais ardente relation.

À partir de ce jour, les secrètes rencontres allaient s'intensifier, avec enthousiasme et fébrilité. Les deux amoureux allaient passer des week-ends entiers dans leur petit nid douillet du cinquième étage de la rue « Herschel ».

Pour Alice, c'était devenu comme un deuxième chez soi, à tel point que ses parents se posaient de plus en plus de questions, auxquelles elle avait toujours une bonne réponse. C'était devenu presque un petit jeu « d'attrape-moi », chaque fois plus original et inventif. Alice était devenue une vraie professionnelle de la dissimulation et de la cachotterie, digne d'un agent des services d'intelligence. Elle avait réussi à mettre en place un véritable réseau avec l'aide de la plupart de ses amies, qui lui servaient d'alibi bien souvent à charge de revanche. De cette façon, elle avait trouvé le moyen de passer des soirées et parfois des nuits entières en compagnie de son amoureux. Elle avait même réussi à partir tout un week-end en Bretagne avec Paul, prétendant avoir été invitée par les parents d'une de ses nombreuses copines. Et pour cela, elle n'avait pas hésité à donner un faux numéro de téléphone des soi-disant parents. De cette manière,

Isabelle ou Jean-Michel, étaient dans l'impossibilité de joindre les hôtes de leur fille.

Alice et Paul filaient le parfait amour, ayant réussi à cacher leur relation, par des astucieux stratagèmes aussi singuliers qu'imaginatifs.

Pourtant, quelque chose d'inattendu allait venir contrarier ce sublime et merveilleux bonheur.

Dix mois après leur première rencontre, Alice tomba enceinte. Cet insidieux et perfide événement sema la panique dans le jeune couple,

Alice, affolée, semblait comme perdue, complètement déboussolée par ce qui lui arrivait. Elle était dans l'impossibilité de faire face à l'événement.

— Chéri, qu'allons-nous faire maintenant ?
Je ne peux pas garder cet enfant, mes parents me tueraient.

— Calme-toi, Alice ! Calme-toi, nous allons trouver une solution !

— Mais quelle solution Paul ? Je te dis que c'est Impossible ! J'imagine déjà mon père, je le connais, sous ses airs paisibles et indulgents, il peut très vite se montrer imprévisible.

— Mais chérie, on s'aime et mon plus grand désir serait de partager ta vie. Après tout, dans deux mois tu vas être majeure, tout sera alors possible !

— Oh Paul ! Ce serait merveilleux, mais comment annoncer mon état, et notre relation à mes parents ?

— Calme toi Alice ! Aie confiance en moi, je vais m'en occuper, je vais commencer par parler avec ta mère.

Dès le lendemain, Paul téléphona à Isabelle, et lui proposa un rendez-vous, dans un bar de la place d'Italie, lui annonçant qu'il devait absolument lui parler rapidement en tête à tête d'un sujet très important concernant sa fille.

Isabelle, un peu inquiète et intriguée, accepta le rendez-vous, celui-là même que Jean-Michel allait surprendre.

Paul MERCIER allait expliquer la situation à Isabelle, lui annonçant par la même occasion le fait que Alice attendait un enfant de lui et que son plus grand désir était de l'épouser.

— Ne vous en faites pas, laissez-moi quelques jours, je vais en parler tranquillement avec Jean-Michel, vous verrez qu'à la fin, il sera ravi. Je le connais bien, jamais il ne s'opposera au bonheur de sa fille, même si les circonstances, je dois l'avouer, sont un peu particulières.

Malheureusement, malgré les multiples tentatives, Isabelle n'allait pas trouver le moment opportun de parler à son mari, celui-ci étant devenu irascible et incompréhensiblement distant, elle n'allait pas pouvoir lui faire part de la situation d'Alice, ni de la perspective de mariage avec Paul.

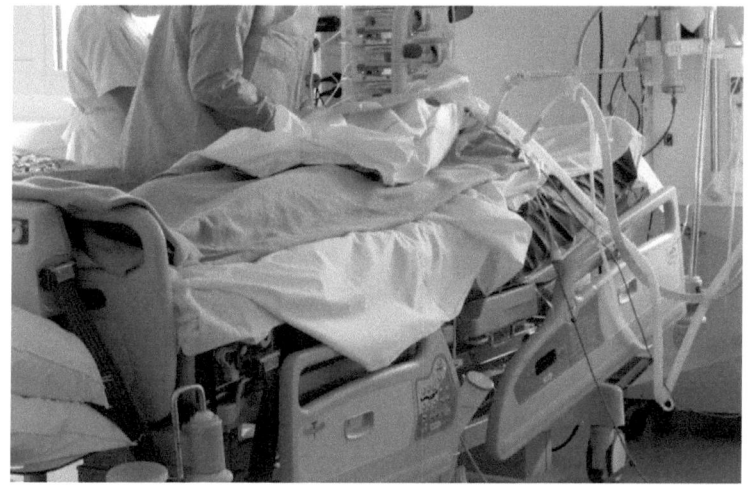

Dans la salle des professeurs du « Lycée Montaigne », Jean-Michel gisait sur le sol, mortellement blessé.
Pourtant, par chance, Paul MERCIER bien que grièvement atteint, respirait encore.
Les secours arrivés sur place, ne purent que constater le décès de Jean-Michel PERRIN, mais le professeur fut immédiatement pris en charge par le médecin du SAMU, qui réussit à contenir l'impressionnante hémorragie.

Transporté d'urgence à l'hôpital « COCHIN », rue d'Assas dans le sixième arrondissement parisien, il fut aussitôt conduit en salle d'opération.

Les chirurgiens réussirent à extraire la première balle qui avait ricoché sur une côte du thorax et déviée vers l'épaule, sans toucher le moindre organe. Quant au deuxième projectile, il s'était logé près du poumon gauche, causant une conséquente hémorragie interne, qui put immédiatement être réduite lors de l'opération. Concernant la troisième balle, celle-ci ayant été tirée pendant la chute de Paul, elle traversa de part en part le bras gauche, puis termina sa course sur l'un des murs de la salle. Ayant touché l'artère humérale, celle-ci fut la cause de l'impressionnante hémorragie sur le sol.

Par une chance inouïe, deux semaines plus tard, Paul MERCIER, allait quitter l'hôpital complètement guéri en compagnie de son amour Alice.

FIN

Du même auteur

— **Notre petite Maison dans la Prairie**
  (Récit autobiographique)
— **Les dessous de Tchernobyl**
  (Roman)
— **Le Piège**
  (Roman)
— **Amitiés singulières**
  (Amitiés Amour et Conséquences)
  (Roman)
— **Nature**
  (Récit)
— **La loi du talion**
  (Roman)
— **Le trésor tombé du ciel**
  (Román)
— **Prisonnier de mon livre**
  (Récit)
— **Sombres soupçons**
  (Roman)

Biographie

Jose Miguel Rodriguez Calvo
né à «San Pedro de Rozados»
Salamanca (Espagne)
Double nationalité franco-espagnole
Résidence : (France)

Del mismo autor

Publicaciones en Castellano

— **Perdido**
   (Novela)
— **Tierra sin Vino**
   (Novela)
— **El tesoro caído del Cielo**
   (Novela)

Biografía:

Jose Miguel Rodriguez Calvo
Natural de «San Pedro de Rozados»
(Salamanca) España
Doble nacionalidad hispanofrancesa
Residencia: (Francia)

jose miguel rodriguez calvo